AF384181

# LES MAJORATS

## DANS LA CHARTE,

OU

RÉPONSE A LA BROCHURE DE M. LANJUINAIS,

INTITULÉE

## LA CHARTE,

## LA LISTE CIVILE ET LES MAJORATS;

Par C. B. V.

A PARIS,

Chez
GRÉGOIRE, Libraire, quai des Grands-Augustins, n°. 37;
Madame HUZARD, Libraire, rue de l'Éperon, n°. 7;
Et chez les Marchands de Nouveautés.

Mai 1819.

Imprimerie de Madame HUZARD (née VALLAT LA CHAPELLE).

# LES MAJORATS

## DANS LA CHARTE,

OU

RÉPONSE A LA BROCHURE DE Mʳ LANJUINAIS,

INTITULÉE

## LA CHARTE,

## LA LISTE CIVILE ET LES MAJORATS.

—————

CETTE petite brochure, sur-tout en la considérant revêtue de la réputation de M. le comte Lanjuinais, est si forte contre les majorats, que je ne crains pas d'assurer que, sur douze personnes qui la liront, et que je suppose exemptes de préjugés en faveur des majorats, onze abonderont dans le sens de l'auteur. Cet exemple prouve, avec mille autres, que, selon l'application qu'on en fait, le principe le plus excellent peut servir de moyens insidieux, même à l'insu des meilleurs citoyens, pour leur faire sanctionner une erreur dangereuse. Nous dirons donc à l'auteur : Vous avez raison en principe : qui peut douter que l'égalité parfaite entre les hommes ne soit l'état le plus désirable? Mais il ne suffit pas que ce principe soit bon en lui-même, il faut encore, pour qu'il produise de bons effets, qu'il soit appliqué à propos. Or l'application que vous en faites à la nation française, en proposant pour elle le rejet des majorats, est déplacée; car vous la considérez comme si elle était au point où vous vous plaisez à la supposer, et non à celui où elle se trouve, ce qui est très-différent. Ainsi, malgré qu'on convienne que la force physique est une qualité précieuse, cependant lorsqu'on voit un homme attaqué de folie, ou seulement d'une maladie inflammatoire, on cherche tous les moyens d'affaiblir en lui cette qualité, ce qu'on se garderait bien de faire si on le croyait en bonne santé. Tel est absolument le cas du principe de l'égalité, sur lequel l'auteur s'appuie pour prouver les inconvéniens de l'institution des majorats parmi nous.

Sans doute, si tous les Français étaient assez instruits pour connaître tellement leurs droits et leurs devoirs, qu'on fût obligé de les considérer sous ce rapport dans un état de santé morale parfaite, et que dès-lors ils n'eussent pas besoin d'une division dans les corps revêtus des pouvoirs souverains, ni de ces autres corps chargés des pouvoirs coercitifs, sur lesquels, dans l'état actuel d'ignorance ( qu'on pourrait appeler démence morale), où la grande majorité d'entre eux se trouve, repose leur tranquillité; je dirais, avec M. Lanjuinais : Il ne faut pas de majorats; mais est-ce là la position de la nation française? et quoiqu'elle possède une Charte qui l'a placée d'un seul jet au-dessus des autres nations, et que les résultats de cet acte solennel soient pour elle si avantageux, qu'aux yeux des gens qui savent combien un pas de cette force lui était difficile à faire, ces résultats compensent tout le sang qu'elle a versé et tous les maux qu'elle a soufferts depuis trente ans, peut-on supposer que cet acte ait changé, comme par magie, les désirs ambitieux que l'ignorance, toujours accompagnée de l'imprévoyance, a conservés dans le cœur d'une grande partie de ses citoyens, et particulièrement, je ne crains pas de le dire, dans le cœur du plus grand nombre de ceux que leur fortune ou leurs talens placent dans les premiers rangs? Si cet acte a mis la nation dans une position infiniment meilleure que celles où elle ait jamais été; si elle doit espérer maintenant voir bientôt l'instant où les libertés civiles et religieuses, et sur-tout la liberté de la presse, seront assurées; si elle doit se flatter que le jour n'est pas loin où l'instruction, particulièrement celle relative à la connaissance des droits et des devoirs de l'homme, servira de base à la conduite de tous les citoyens ; peut-on induire de toutes ces espérances, que cette nation possède ces avantages en réalité, et que notamment, sous le rapport de l'instruction, les Français ont atteint le degré de modération nécessaire dans leurs opinions pour ne plus craindre les effets d'une égalité parfaite, quand il n'est que trop évident que l'exaltation qui résulterait de ce degré, ne servirait qu'à donner plus de force aux opinions qui les divisent?

Combien donc sont imprudens ceux qui appuient leur théorie législative sur une supposition aussi chimérique! Ont-ils fait attention à la position où nous sommes? Est-ce à des Français, dont la très-grande majorité, à raison de son ignorance, est livrée en ce moment à la discrétion des ambitieux de tous les partis, qu'on peut appliquer les conséquences du principe d'égalité parfaite sur lesquelles on s'appuie pour rejeter l'institution des majorats, et la supposition gratuite de leur sagesse peut-elle empêcher les mauvais effets de la mobilité de leurs idées?

Ne doit-on pas voir avec peine qu'un esprit aussi juste, aussi supérieur que M. Lanjuinais, se laissant séduire par les tableaux flatteurs que présente l'égalité lorsqu'elle est accompagnée de l'instruction, oublie entièrement les tristes effets de cette même égalité lorsqu'elle est accompagnée de l'ignorance? Or, peut-on mettre en doute que la nation française ne donne en ce moment de grandes preuves d'ignorance, lorsque l'esprit de parti y est si fort, qu'un homme modéré ne peut écrire un mot sans être assuré de déplaire à tout le monde; lorsqu'il n'est pas de paroisse, tant petite soit-elle, qui ne se croie une puissance capable de soutenir envers et contre tous l'opinion de son curé; lorsqu'enfin on ne voit pas un seul auteur ni même un orateur qui fasse sentir l'importance ou plutôt l'indispensable nécessité de ne pas différer et de ne rien épargner pour répandre le plus tôt possible l'instruction parmi les citoyens de toutes les classes et sur-tout parmi ceux des classes riches, qui par tout pays servent de modèles aux autres, étant impossible sans ce secours de prévenir parmi nous les inconvéniens d'un ordre social qui permet à chacun, d'exagérer ses droits?

Il faut donc bien se pénétrer de la situation où nous sommes avant de vouloir nous assujettir à toutes les conséquences du principe de l'égalité parfaite; et on reconnaîtra que si ces conséquences peuvent convenir à de très-petites nations, comme l'histoire nous en présente, ou à une grande nation qui serait très-intruite, comme on n'en a pas encore vu, elles ne valent rien, absolument rien, pour nous, en ce moment. Ainsi, bien loin de rejeter la proposition des majorats, il faut l'examiner sous tous les rapports, non pour prouver qu'ils sont contraires au principe de l'égalité parfaite, ce dont personne ne doute, mais pour prouver qu'ils sont une conséquence rigoureuse de l'ordre politique consacré par la Charte, et que, dans notre législation actuelle, ils sont un des plus grands moyens dont on puisse se servir pour s'opposer avec succès aux effets de l'ignorance ambitieuse des citoyens auxquels la richesse donne souvent des prétentions que les lois ne leur accordent pas.

Il ne s'agit donc pas de savoir, comme le prétend M. Lanjuinais, page 14 de sa brochure, si les majorats sont énoncés ou supposés dans les àrticles 1er. et 71 de la Charte, et de conclure, comme lui, que dès-lors qu'ils n'y sont pas énoncés, ils sont exclus de la Charte ; mais si les majorats sont, *oui* ou *non*, une conséquence nécessaire des dignités et des titres que la Charte institue. Voilà la *question* dont il ne faut pas s'écarter, et contre laquelle ne peut prévaloir la supposition que fait M. Lanjuinais, page 13 de sa brochure, que les articles 1er., 2, 62, 68, 69 et 71 de la Charte sont incompatibles avec les majorats. Or, pour la résoudre, il faut d'abord se faire une idée nette de ce qu'on doit entendre par majorat, et le réduire à ses plus simples élémens, afin de prouver que c'est à défaut de l'avoir considéré sous ce rapport, que M. Lanjuinais l'a regardé en opposition avec les articles ci-dessus cités, et ensuite examiner s'il ne faut pas reconnaître que l'existence des majorats est l'effet nécessaire de l'esprit et même de la lettre de la Charte. Ainsi, nous pensons devoir établir les questions suivantes :

1º. Qu'entend-on par majorat ?

2º. Quels sont les priviléges indispensables pour constater l'existence d'un majorat dans les mains d'un citoyen qui se désigne alors sous le nom de *majoratisé ?*

3º. Si la Charte ne consacre pas tacitement

sous le nom de royauté, l'existence d'un grand majorat.

4° Si l'existence de ce grand majorat ne sert pas de base à notre édifice social, et n'est pas la première et la plus forte des conséquences de cette Charte, dont l'exécution stricte est regardée par tous les citoyens sages comme le seul moyen de mettre une fin aux agitations qui nous tourmentent depuis trente ans.

5°. Si de ce majorat principal, que la Charte consacre, ne dérive pas la nécessité d'une chambre composée de pairs héréditaires, dont l'existence est d'ailleurs établie par cet acte, et par conséquent l'obligation d'affecter des titres et des majorats aux citoyens revêtus de la dignité de la pairie héréditaire.

6°. Si la nation française, dans l'état d'ignorance où elle se trouve, ignorance qui empêche les principaux citoyens de fixer des bornes à leurs désirs, et qui met le peuple à la disposition des ambitieux, elle peut, sans danger, refuser d'admettre l'existence des majorats et des titres dans cette immense majorité de la nation qui ne fait pas partie de la Chambre des Pairs.

Il est aisé de remarquer que la solution des deux premières questions doit avoir beaucoup d'influence sur celle des autres ; car si l'on ne fait connaître les majorats que sous les rapports qui leur sont défavorables, et si de même on cherche à exagérer les priviléges dont les possesseurs des majorats ou les majoratisés jouissent, on peut, à l'aide de ces exagérations, prouver tout ce qu'on voudra contre les majorats. Ainsi, pour que le lecteur puisse juger lequel de M. Lanjuinais, ou de moi, a mieux saisi la question relative aux majorats et aux majoratisés sous les rapports des conséquences rigoureuses de la Charte, je vais d'abord transcrire les définitions qu'il en donne page 10 de sa brochure.

« Majorat, dit-il, signifie aînesse ; par exten-
» sion, droit d'aînesse, et par d'autres extensions,
» fidéi-commis graduel, substitution fidéi-com-
» missaire graduellement transmissible d'aînés
» en aînés à chaque plus prochain descendant
» du dernier décédé possesseur du majorat à l'in-
» fini ; et par d'autres extensions encore, trans-
» missible à l'infini de mâle en mâle, d'aîné en
» aîné, aux héritiers collatéraux ; enfin trans-
» missible graduellement à l'infini aux aînés
» mâles adoptifs du premier possesseur du ma-
» jorat, ou de tout autre possesseur subséquent,
» toujours à l'infini.

.  ' » Voilà le majorat transmissible indéfiniment
» dans le dernier état que l'avait fait Napoléon;
» conséquemment, tel serait le majorat proposé
(pour M. de Richelieu).

.  » Les principaux et immédiats priviléges qui
». en résultent par rapport aux aînés majorati-
» sés, sont : 1º. Le privilége d'un ordre particu-
» lier de succession inégale dans les familles au
» profit de l'aîné, au préjudice de tous les au-
» tres héritiers; 2º. le privilége d'inaliénabilité
» des biens à l'infini; 3º. le *privilége légal et*
» *immoral de se jouer toute sa vie de ses créan-*
» *ciers, et de les duper en laissant à son aîné une*
» *fortune qu'il oserait posséder sans rougir;* 4º.
». c'est un privilége onéreux à tous les citoyens;
» car on possède les biens d'un majorat en
». exemption de tous droits de mutation et de
» tous droits d'hypothèque; 5º. c'est le privilége
» d'avoir pour conservateurs gratuits des biens
» possédés en majorat, le ministre de la justice,
» le conseil d'état, etc. »

. Il résulte de ces définitions et des priviléges
que M. Lanjuinais affecte aux majorats, qu'il
les considère absolument comme les anciennes
substitutions d'autrefois, lesquelles n'avaient
d'autre but que de conserver des propriétés
territoriales à l'aîné de la famille, à l'exclusion.

de ses frères et sœurs, et même des créanciers du dernier possesseur, sans avoir égard aux quantités et à la nature des biens frappés de cette substitution. Mais, s'il a raison, jusqu'à un certain point, de considérer de cette manière le majorat qu'on a voulu donner à M. de Richelieu, et en général ceux que Bonaparte, qui désirait rétablir la noblesse sur le pied ancien, voulait affecter aux titres qu'il créait; est-ce une nécessité de n'admettre à la condition de majorats que des propriétés territoriales? Et si ces propriétés affectées aux majorats présentent les inconvéniens des substitutions anciennes, tels sont l'indivision de la propriété, la perte des droits de transmission, la détérioration des biens par l'effet de la négligence fréquente de ceux qui en jouissent, la disposition des enfans du possesseur à être jaloux de leur frère aîné, et celle de ses créanciers à crier à l'injustice, parce que les uns et les autres s'accoutument, pendant la vie de ce possesseur, à confondre ces biens, dont il ne peut disposer, avec ceux dont il est le maître absolu; enfin l'habitude de regarder des fonds substitués à l'aîné, sur-tout lorsqu'ils portent un titre avec eux, comme des seigneuries, ce qui rappelle beaucoup trop les anciens souvenirs de la féodalité; peut-on considérer ces inconvéniens comme inhérens à toute espèce de majorat? Ne peut-on pas en concevoir d'autres qui se présenteraient sous des rapports bien plus simples, et qui se renfermeraient dans les conditions qu'il faut né-cessairement obtenir pour constituer un majo-rat? Ne peut-on pas admettre en principe qu'un majorat ne serait autre chose qu'une rente pos-sédée à titre seul d'usufruit par le majoratisé, et qu'en conséquence il ne peut aliéner, ni hypothéquer, et doit laisser sans aucune charge de dette à son successeur désigné dans l'ordre de l'institution? Or, si cette désignation est faite ordinairement en faveur de l'aîné des enfans du majoratisé, la loi aurait pu la faire de toute autre manière, si elle l'eût jugé convenable, sans que les enfans du majoratisé pussent y prétendre aucun droit à titre de succession. N'a-vons-nous pas des exemples de ces espèces de majorats, dans ceux que les décrets de Bona-parte, et même l'article 4 de l'ordonnance du 25 août 1817, permettent de constituer en rentes sur le grand-livre de la dette de l'État?

Si donc on présente les majorats comme des bénéfices qui se réduisent à donner à leur pos-sesseur le simple droit de jouir, pendant sa vie, d'une rente constituée au profit du titulaire du majorat, alors il s'établit une différence extrême entre les effets de ces majorats réduits à leurs simples élémens et ceux que constitue une propriété substituée et indivisible ; différence qui annule absolument tous les inconvéniens que M. Lanjuinais ne reproche aux majorats que parce qu'il n'a pas voulu les considérer sous les rapports que présente la faculté de les constituer en rentes sur l'État, c'est-à-dire, comme des rentes viagères au profit des majoratisés.

Mais ce qui achève d'établir une grande différence entre le majorat considéré comme un simple bénéfice ou rente à vie, et le majorat considéré comme un bien substitué, c'est que, dans le premier cas, le bénéfice à vie, à défaut de titulaire appelé à en jouir, retourne à celui d'où émane le titre; tandis que, dans le second, le bien substitué tombe dans la succession du dernier possesseur : d'où il résulte que, dans le premier cas, le titre consacre la destination constante du bénéfice envers la succession du dernier qui le possède, tandis que dans le second, le titre de substitution à l'aîné des enfans s'oppose à la destination première et constante que devrait avoir ce bien.

Un majorat ainsi réduit à ses simples élémens, et lorsque, à défaut de successeur désigné par la loi, il revient à la disposition du créateur du titre, ne peut donc jamais être regardé par le majoratisé comme une propriété qui lui serait échue à titre de succession ou d'acquisition, mais comme un dépôt que la loi lui confie pour en jouir pendant sa vie, et sur lequel par conséquent il ne peut transmettre de droits à personne. Or, si la loi juge à propos de désigner le fils aîné de ce majoratisé plutôt que tout autre pour recueillir ce dépôt, à la mort de ce majoraitsé, n'est-il pas évident que dans ce cas les autres enfans de ce majoratisé n'ont pas plus de droits pour se plaindre de cette préférence, qu'ils n'en ont pour trouver mauvais que le titre de ce majorat et les fonctions qui quelquefois l'accompagnent (comme cela a lieu à l'égard des pairs), soient le partage de celui d'entre eux que la loi désigne? Ainsi, on ne peut considérer cette désignation de la loi en faveur du fils aîné, faveur qu'elle aurait pu également accorder à tout autre individu, comme la consécration du droit d'inégalité de partage, puisque ce n'est pas comme héritier qu'il prend possession du majorat, mais comme le successeur désigné par la loi.

Il est donc évident que lorsqu'un majoratisé ne laisse, en mourant, que son majorat, et que son successeur à ce majorat s'en met en possession sans reconnaître aucuns droits aux enfans ou aux créanciers de ce majoratisé ; ce successeur ne leur fait aucun tort, car ils sont à cet égard dans la même position que les enfans ou les créanciers d'un homme qui n'aurait possédé des biens qu'à titre d'usufruit. Ne savent-ils pas que la mort d'un usufruitier éteint tous les droits de ses créanciers sur les biens qu'il possède à ce titre, et qu'il y a une similitude parfaite entre la condition des créanciers d'un usufruit et celle des créanciers d'un majoratisé ? Ainsi, c'est donc une idée fausse de considérer un majorat comme une propriété sur laquelle la famille et les créanciers du majoratisé pourraient, sans cette condition, avoir des droits, puisqu'il n'est dans son essence qu'un dépôt, qu'un usufruit ; et lorsqu'on le considère d'une autre manière et qu'on croit qu'il confère à son possesseur le *privilége légal et immoral de se jouer toute sa vie de ses créanciers et les duper, en laissant à son aîné une fortune qu'il oserait posséder sans rougir,* on est évidemment dans l'erreur.

Ayant présenté le majorat sous le seul rapport qui le constitue, celui d'un bénéfice à vie, et l'ayant réduit à ses plus simples élémens en n'admettant la possibilité de le former qu'en rentes sur l'État, il n'offre plus de questions relatives au code civil que dans les deux circonstances suivantes :

Un citoyen peut-il recevoir du Gouvernement, autorisé par une loi, un bénéfice à titre d'usufruit, pour devenir après lui le partage de celui que la loi jugera à propos de désigner?

Un citoyen qui, d'après le code civil, peut vendre sa propriété à qui bon lui semble, et en consommer la valeur, peut-il vendre cette propriété, la convertir en rentes sur le grand-livre de la dette publique, et faire don de ces rentes à l'État pour recevoir du Gouvernement la jouissance de ces rentes à titre d'usufruit, et les laisser après lui, sans aucunes charges et au même titre d'usufruit, à celui que la loi lui désignera pour successeur; et, à défaut de successeur désigné, rentrer dans le domaine de l'État?

Il me semble qu'on ne peut contester ces pouvoirs, ni au Gouvernement autorisé par une loi, ni aux citoyens qui seraient admis de cette manière à créer des majorats ; car, dans tous ces cas, rien ne blesse les dispositions du code civil. Ainsi, il résulterait de ce mode de créations, que les rentes qui constitueraient les majorats devraient se considérer comme des fonds donnés à l'État par les premiers majoratisés, et dès-lors comme lui appartenant sous la condition d'une affectation particulière d'après laquelle ils doivent sortir directement ou indirectement de ses mains pour être possédés à titre d'usufruit par les majoratisés désignés par la loi.

Ce caractère primitif affecté aux majorats excluant autant l'idée de substitution à leur égard, que cette idée était exclue de celle du titre en vertu duquel les bénéfices connus avant la révolution, sous le nom d'Abbayes, passaient entre les mains de leurs divers possesseurs, alors ils cesseront d'être regardés comme des biens de famille soumis aux dispositions du code civil, mais comme des bénéfices ou rentes à vie accordées pat l'État à certains individus pour le soutien de leurs titres, lesquels, sous ce rapport, rentrent avec ces mêmes titres dans le domaine de l'inégalité politique.

Après avoir prouvé de quelle nature doivent être les biens affectés aux majorats, et quels sont les seuls priviléges dont leurs possesseurs devraient jouir; examinons si cette institution, c'est-à-dire si le droit que la loi accorde au Gouvernement de créer des bénéfices ou rentes à vie, transmissibles dans l'ordre de l'hérédité, est une conséquence de la Charte, et si même

l'exercice de ce droit n'est pas indispensable à l'ordre politique que la Charte établit parmi nous.

Ceux qui ont sorti la question des majorats
de l'ordre de l'égalité civile pour la transporter
dans le domaine de l'inégalité politique, l'ont
seuls considerée sous ses vrais rapports.

Sans doute l'institution des majorats attaque
l'égalité civile; mais dans quel pays le respect
pour l'égalité civile peut-il être porté sans danger au point d'exclure l'inégalité politique? et
n'est-il pas prouvé, d'après la théorie et l'expé-
rience, que l'exclusion de cette inégalité politique est toujours, dans les grands États, accompagnée de l'anarchie et suivie du despotisme? Si à cet égard les États-Unis de l'Améri-
que septentrionale paraissent, pour le moment,
présenter une exception, il ne faut pas pour
cela en induire une conséquence contraire à ce
principe, mais observer que la forme fédérative
de leur constitution, leur faible population relativement à l'étendue de leur territoire, la tranquillité naturelle du caractère des habitans et
l'esprit d'égalité qui est l'attribution principale
des sectes nombreuses répandues parmi eux;
la facilité que tous les citoyens ont à se placer
et à tirer parti de leur industrie et de leurs ca-
pitaux; la liberté de la presse, le désir général

d'instruction, et les autres circonstances où se trouvent ces États, contribuent à tempérer le développement des causes qui les soumettront un jour à la loi générale, s'ils n'emploient pas, pour prévenir ce malheur, le seul moyen qui soit en leur pouvoir, celui de s'attacher à répandre assez d'instruction dans toutes les classes, et sur-tout dans la classe des riches, pour les persuader de ne jamais séparer leur intérêt particulier de l'intérêt de la société dont ils font partie. C'est donc parce que le Roi a jugé avec bien de la sagesse que les Français, d'après l'étendue de leur territoire, leur nombreuse population, l'ambition naturelle aux principaux d'entre eux, leur caractère vif et disposé à l'exaltation, ne pouvaient se passer d'inégalité politique, qu'il a d'abord constaté par la Charte les pouvoirs de la royauté, et par conséquent l'existence de cette grande dignité dans sa famille, c'est-à-dire l'existence du plus grand des majorats ; car bien certainement on ne peut refuser ce nom à la royauté héréditaire, puisqu'elle renferme toutes les conditions voulues par M. Lanjuinais pour constituer le plus évident des majorats.

Qui n'admire pas cette belle fiction de la loi, *le Roi ne peut mal faire*, dont le résultat est de mettre la majesté royale à une telle hauteur, que toutes les entreprises de l'ambition viennent s'anéantir aux pieds du trône, comme les vagues les plus violentes au pied du rocher qui depuis tant de siècles triomphe de leurs efforts! Et cette heureuse fiction est la conséquence de la responsabilité des ministres, voulue par l'art. 13 de la Charte, responsabilité qui s'allie si bien avec le principe de l'inviolabilité du Roi reconnue dans le même article.

Mais plus cette dignité était au-dessus de tous les pouvoirs, plus il était important que l'ordre de sa possession fût réglé d'une manière invariable. Il est donc bien précieux pour la tranquillité publique de voir cette éminente dignité, ce pouvoir régulateur de tous les autres, confiée à l'ordre d'hérédité dans une seule famille, pour assurer la succession constante et sans secousse des citoyens destinés à la posséder, et prévenir par ce moyen les troubles qui seraient la suite inévitable d'un ordre de succession réglé de toute autre manière. Ainsi, par une conséquence rigoureuse de la Charte, ce grand majorat qui se trouve possédé par la famille royale, et lui être garanti par tous les autres pouvoirs, que cet acte solennel a créés, est donc parmi nous la base sur laquelle repose tout l'édifice de notre organisation sociale.

Après avoir reconnu les avantages qui résultent de l'existence de ce haut majorat, que la Charte établit de la manière la plus positive, et qui est indispensable à notre tranquillité, si on considère quel immense intervalle ce majorat laisse entre la famille qui le possède, et la masse populaire livrée à l'égalité la plus absolue; on voit combien il est important que cet intervalle soit rempli par des citoyens qui, par la possession de dignités et de majorats inférieurs, puissent servir d'intermédiaire entre le prince et cette masse populaire, et prévenir de cette manière les mauvais effets de l'ambition des citoyens puissans par leur richesse sur cette masse populaire, lesquels seraient portés à se servir d'elle pour attaquer la famille qui possède la royauté dont l'élévation extrême les humilie, et pour provoquer ainsi ces luttes continuelles et terribles entre le peuple et le prince, jusqu'à ce que, par suite de ce défaut d'intermédiaire, l'anarchie ou le despotisme vienne terminer ces luttes en faveur de l'un d'eux; luttes dont l'histoire présente mille exemples, mais dont notre révolution fournit deux des plus récens, dans les résultats des constitutions de 1791, et de l'an VIII ou 1800.

Le premier, lorsque la royauté a succombé sous les attaques des ambitieux qui conduisaient l'assemblée législative de 1792, lesquels profitèrent de la facilité d'exagérer les principes d'égalité que leur donnait le rejet fait par la constitution de 1791, de tous corps intermédiaires entre le prince et le peuple, et de toutes distinctions politiques en faveur des citoyens puissans par leur fortune, pour anéantir le pouvoir royal. Or, à cet égard, on ne peut trop déplorer l'aveuglement de cette fameuse assemblée constituante, qui, méprisant de prendre pour modèle le système de gouvernement d'un peuple voisin qu'on avait alors la folie d'appeler un peuple d'esclaves, ne prévit pas ce résultat inévitable du système d'égalité exagérée qu'elle allait consacrer.

Le deuxième, lorsque Bonaparte ayant, avec des promesses, persuadé au sénat temporaire, institué par la constitution de l'an VIII, de chasser du corps législatif et du tribunat les hommes qui osaient y défendre les principes conservateurs des sociétés, contre les attaques de son ambition sans bornes, détruisit les pouvoirs de ces corps intermédiaires entre lui et le sénat,

et fut dès-lors le maître absolu du peuple, et
de ce même sénat qui s'était arrogé le droit d'ê-
tre l'organe du peuple, pour faciliter au chef
de l'État les moyens de ne pas éprouver de ré-
sistance; de sorte que, dans cette circonstance,
l'envahissement du pouvoir du peuple s'étant
fait avec le consentement apparent du corps
qui devait tout conserver, ne fut pas précédé
des violences qui accompagnèrent l'envahissement du pouvoir royal en 1792.

Cependant, malgré les malheureux résultats
de la constitution de l'an VIII, il faut convenir
qu'elle était bien supérieure à celle de 1791 ;
car elle admettait des corps intermédiaires entre le chef de l'État et le sénat, qui, par la nature
de son pouvoir, représentait plus spécialement
le peuple ; et ces corps intermédiaires étant
temporaires, avaient l'avantage d'être analogues
aux pouvoirs temporaires et à vie accordés aux
deux autres puissances; au lieu que la constitution de 1791, bien loin de placer entre le
prince et les représentans du peuple, des corps
intermédiaires analogues au pouvoir du prince,
donc héréditaires comme lui, n'en plaça pas
même de temporaires : aussi peut-on la regarder
comme un chef-d'œuvre d'inconséquence poli-

tique, et la cause première des malheurs que nous avons éprouvés depuis vingt-huit ans.

Il a donc été infiniment sage, pour éviter de voir renouveler une lutte dont le prince ou le peuple eussent été les victimes, d'établir par la Charte un pouvoir intermédiaire entre ces deux puissances, de l'avoir créé héréditaire, donc analogue à celui du prince, et de l'avoir confié à des citoyens assez élevés en dignité et en titres honorifiques, soit pour attirer sur eux les effets de la jalousie des principaux de la masse populaire et détourner de cette manière ces hommes influens de l'idée d'acquérir une autorité rivale ou destructive de celle du prince, soit pour leur procurer la consistance nécessaire au soutien de leurs droits et de ceux des deux autres pouvoirs, qu'ils sont spécialement chargés de défendre contre les tentatives des corps qui voudraient les envahir. Ainsi, sous ce double rapport, l'auteur de la Charte a donc prévenu les inconvéniens si justement reprochés à la constitution de 1791, en créant un corps qui, sous le nom de Chambre des Pairs, se trouve, par suite des hautes fonctions et des dignités héréditaires dont ses membres sont revêtus, posséder toutes les qualités nécessaires à l'emploi qui lui est destiné : et de là l'existence des pairies hé-

réditaires, lesquelles donnant aux familles qui
les possèdent le rang d'intermédiaire entre la
famille du prince et la masse populaire, non-
seulement sous le rapport des fonctions, mais
encore sous celui du privilége spécial de l'hérédité, doivent dès-lors attirer sur ces familles la
jalousie des citoyens puissans de la masse populaire, et produire encore l'heureux effet d'engager ces citoyens puissans à s'occuper plutôt
des moyens d'obtenir ces dignités, que de penser à attaquer le pouvoir du prince qu'ils savent
d'ailleurs ne pouvoir atteindre qu'après avoir
renversé cette barrière qui les sépare de lui.

Mais la famille royale n'excitant pas moins la
jalousie des principaux de la masse populaire,
tant par les titres et les bénéfices attachés à la
royauté, que par l'hérédité de sa puissance, il
fallait encore, sous ce rapport, lui assimiler les
familles qui possédaient les pairies; et de là la
nécessité d'accorder aux chefs de ces familles
des titres honorifiques et des priviléges particuliers, qui, bien que très-inférieurs à ceux accordés au souverain, les distinguassent cependant de la masse populaire; enfin des bénéfices
à vie appartenant de droit aux possesseurs des
pairies, pour qu'ils fussent non-seulement indé-
pendans de l'état de leur fortune particulière

dans le soutien de la dignité dont ils sont revêtus, mais encore toujours en position d'attirer sur eux l'envie des principaux de la masse
populaire.

En conséquence, il est donc indispensable
que chacun d'eux ait un majorat d'un revenu
suffisant pour lui donner les moyens de conserver la dignité de son titre, et ajouter cette
nouvelle cause de considération à toutes celles
qui peuvent être employées pour atteindre le
même but; c'est sous ce rapport qu'on pourrait
penser que leur nombre devrait être fixé, parce
qu'il est évident qu'un trop grand nombre af-
faiblira la considération de chacun en particulier, et que même ce grand nombre de membres,
par l'effet des priviléges dont ils jouissent, peut
devenir tellement à charge à la nation, qu'ils
lui fassent naître le désir bien dangereux de se
débarrasser de cet intermédiaire indispensable
entre elle et son roi. Mais malheureusement la
nécessité où vient de se trouver le ministère, de
provoquer la nomination d'un grand nombre
de pairs pour diminuer la prépondérance d'un
parti qui sur-tout, par le rejet de la loi sur l'an-
née financière, avait annoncé un système formel
d'opposition, a tellement démontré les dangers
qu'il y aurait à limiter le nombre des pairs, qu'il

est impossible maintenant, malgré les inconvéniens qui peuvent en résulter, de penser à adopter cette mesure.

Après avoir prouvé que les titres et les majorats sont de première nécessité pour assurer
à la Chambre des Pairs la considération qui lui
est indispensable pour qu'elle puisse atteindre
le but de son institution; si nous passons à
l'examen de notre sixième question, celle de
savoir si la nation française, dans l'état où elle
se trouve, peut sans danger refuser des titres
et des majorats à tous les citoyens qui ne font
pas partie de la Chambre des Pairs, il nous sera
facile de démontrer, en suivant le même rai-
sonnement que nous avons fait à l'égard de la
Chambre des Pairs, qu'il est absolument nécessaire d'admettre dans la masse populaire quelques familles dont le chef portera un titre et
possédera un majorat.

Lorsqu'on propose de rejeter les titres et les
majorats de cette immense masse popnlaire,
qui ne fait pas partie de la Chambre des Pairs,
il ne faudrait pas isoler cette question de celle de
savoir si les membres de cette Chambre doivent
garder leurs titres et leurs majorats; car ces deux
propositions ne peuvent se traiter l'une sans
l'autre; et je trouverais bien plus de consé-

quence dans les idées, à celui qui serait d'avis qu'il ne faut pas plus admettre de titres et de majorats dans la Chambre des Pairs, que dans la masse du peuple, qu'à celui qui voudrait des titres pour les membres de cette Chambre, et n'en voudrait pour aucun des individus qui ne sont pas de cette Chambre.

En effet, par la raison que je viens d'alléguer pour prouver la nécessité d'accorder des titres et des majorats aux membres de la Chambre des Pairs, afin de revêtir d'une plus grande considération cette Chambre, destinée non-seulement à servir d'intermédiaire entre le prince et le peuple, mais encore à détourner sur elle les effets de la jalousie des principaux du peuple contre la puissance, les dignités et les priviléges accordés au prince ; cette même raison, sous ce dernier rapport, subsiste dans toute sa force, en ce qui concerne la jalousie de ces principaux citoyens contre les membres de cette Chambre. Mais, pour ne laisser aucun doute sur cette conséquence, admettons pour un instant, qu'il n'y eût de gens titrés que dans la Chambre des Pairs : alors n'est-il pas évident que les citoyens riches qui se trouveraient dans la masse populaire, seraient souvent humiliés par le contact de ces Pairs titrés, qui certainement ne manqueraient

pas de se prévaloir de leur titre, soit pour empêcher que les gens plus riches qu'eux ne prétendent, en raison de leur fortune, prendre le
rang sur eux, soit pour humilier ces mêmes
gens dont la fortune leur porte ombrage? et
d'ailleurs ne sait-on pas que tant que les hommes
seront ignorans, ce qui, selon les apparences,
durera encore long-temps, ils auront un plaisir
très-vif à humilier leurs semblables ?

Peut-on calculer les conséquences de cet
amour-propre continuellement blessé dans la
partie de la nation qui, en raison de sa fortune,
a une prépondérance très-grande sur la masse
du peuple? Et qu'on ne croie pas que, sous ce
rapport, les priviléges attachés à la qualité de
Pairs soient, autant que les titres, dans le cas
de déplaire aux gens riches; car ces priviléges,
ne s'exerçant que rarement et accidentellement,
ne peuvent nuire aux droits de prééminence
que les gens riches prétendent dans le sein de
la société où ils se trouvent journellement,
tandis qu'il n'en est pas de même des titres qui
rappellent constamment à ces gens riches qu'il
existe dans la société des hommes dont le rang
est au-dessus de celui que leur donne la fortune.
Voilà la cause première de cette haine de la
masse populaire contre les titres; car, bien cer-

tainement, ce ne sont pas les quatre vingt-dix-neuf centièmes de cette masse, tous composés d'ouvriers, de petits propriétaires et de petits fabricans, que ces titres blessent, tandis que cet effet existe dans toute sa force à l'égard de cette centième partie dont la fortune est assez élevée pour lui faire désirer que personne ne soit au-dessus d'elle, et que par conséquent l'argent qu'elle possède soit regardé comme le premier mérite d'un homme, comme cela existe en An-gleterre, *où, dit M. Say, page 22 de sa bro-chure sur les Anglais,* « *La plus grande honte est de manquer de guinées, comme en France la plus grande est de manquer de courage.* Mais cette centième partie se trouvant blessée, elle communique ses impressions à ces quatre-vingt-dix-neuf centièmes sur lesquels elle exerce la plus grande influence; et alors ces idées parti-culières au centième de la nation deviennent des idées générales.

Si donc on ne détourne pas des membres de la Chambre des Pairs cette jalousie natu-relle aux gens riches contre les titres et les rangs qu'ils n'ont pas, et qui, par cette raison, leur déplaisent, il en résultera une lutte de vanités entre la Chambre des Députés, toute prise dans la masse du peuple, et la Chambre des Pairs composée de citoyens qui se trouvent séparés de cette masse d'une manière encore plus tranchante par les titres que par les priviléges, lutte dans laquelle la Chambre des Députés voulant enlever les titres aux membres de la Chambre des Pairs, qui, de leur côté, voudront les défendre, deviendra d'autant plus terrible dans ses effets, que les passions les plus violentes agitant alors les deux Chambres, le Roi serait obligé de prendre un parti. Or, qui peut prévoir le résultat de cette lutte? Il est impossible de dire si ce serait le triomphe de la démocratie ayant derrière elle l'anarchie, comme en 1792, après la chûte du trône, ou celui de l'aristocratie ayant derrière elle le despotisme, comme en 1801, après l'épuration du tribunat; mais, dans tous les cas, il est indubitable que la Charte et l'ordre social dont elle est le soutien, succomberaient par suite de la jalousie des gens riches, *non-titrés,* contre les membres titrés de la Chambre des Pairs.

Mais, dira-t-on, cette lutte n'existe pas en Angleterre, où cependant la loi ne reconnaît de gens titrés que dans la Chambre des Pairs. A cela il est facile de répondre : qu'on ne peut comparer la nation française à la nation anglaise, non-seulement sous le rapport de la composition de leurs deux Chambres, mais encore plus sous le rapport de la composition de leur masse populaire. Ainsi, en Angleterre, la Chambre des Pairs est composée principalement de grands propriétaires, que soutient au plus haut degré de fortune l'ancien système des substitutions, lesquels à ce titre en imposent aux autres gens riches de la nation; tandis qu'en France, la Chambre des Pairs est composée de membres qui d'après leur fortune, que je porterai l'une dans l'autre à 30 mille francs de rente, et ne pouvant d'ailleurs, d'après le Code Civil, accumuler de grosses propriétés sur la tête de leur fils aîné, sont et seront toujours plus distingués par leurs titres que par leur richesse. Si de la composition de la Chambre des Pairs dans les deux pays nous passons à celle de leur seconde Chambre, nous trouvons encore plus de différence dans leurs élémens; car, en Angleterre, il entre dans la composition de cette Chambre une foule de membres qui, devant leur nomination à des Pairs ou à des ministres, se trouvent par cette raison rester dans leur dépendance, tandis qu'en France, la Chambre des Députés trouve dans la loi des élections les bases de la plus grande indépendance de toute influence étrangère aux intérêts du peuple.

Si ensuite nous examinons les élémens de la masse populaire dans les deux pays, on y trouve encore plus de différence : ainsi, en Angleterre, la nation est presque entièrement partagée entre des négocians et des manufacturiers qui ont tout, et des ouvriers qui n'ont rien ; et elle compte peu de ces citoyens propriétaires de terres qui composent cette classe aisée et oisive connue sous le nom de bourgeoisie ; tandis qu'en France c'est tout le contraire ; la classe des ouvriers et des manufacturiers est peu nombreuse relativement à celle des propriétaires de biens fonds qui, sous le nom de bourgeoisie, contient dans son sein, des familles dont la fortune, souvent très-considérable, les unit aux gros négocians pour former ensemble une classe nombreuse de gens riches, dont la jalousie s'attache particulièrement aux gens titrés.

Si à ces considérations on ajoute, qu'en Angleterre la constitution a plus de cent ans d'existence, que le peuple n'y est pas agité par le souvenir d'une révolution récente, tandis qu'en France la constitution n'a que quatre ans d'épreuve, et la révolution est à peine terminée ; qu'en Angleterre la nation, d'après son climat, son caractère et ses usages, est portée à beaucoup de constance dans les déterminations, tandis que la nation française, d'après les mêmes causes, est assujettie à un tel degré de mobilité et d'exaltation habituelle qu'on la voit toujours disposée à adopter successivement les idées les plus contraires et à les soutenir avec une ardeur extrême; alors on achèvera d'être persuadé qu'il ne faut pas comparer les deux pays sous le rapport des effets que peut y produire la possession des titres affectés exclusivement aux membres de la Chambre des Pairs, et encore malgré cette différence, on doit remarquer qu'en Angleterre l'usage, à défaut de loi, tend à diminuer ces effets, en accordant à beaucoup de citoyens qui ne sont pas pairs, le titre de lords.

Il n'est donc pas moins nécessaire pour la conservation de la Charte et de l'ordre social qui en est le résultat, de prévenir les effets de la jalousie des gens riches de la masse populaire contre les membres de la Chambre des Pairs, qu'il l'est de prévenir par l'institution des titres et de l'hérédité accordée aux membres de la Chambre des Pairs, les effets de la jalousie des citoyens puissans de cette masse contre le prince.

Cette nécessité étant démontrée, il est aisé de reconnaître que le moyen employé pour produire le premier effet doit encore être le meilleur à mettre en usage pour produire le second; ainsi sous ce rapport, il faut donc admettre des titres et des majorats parmi les citoyens qui, n'étant pas membres de la Chambre des Pairs, sont susceptibles de siéger dans la Chambre des Députés, afin d'attirer d'abord sur ces citoyens titrés, et néanmoins faisant toujours partie de la masse populaire, la jalousie des citoyens riches non titrés qui se trouvent également faire partie de cette masse; jalousie qui, à défaut de cet aliment proche d'elle, se porterait sur les membres de la Chambre des Pairs, et ensuite d'engager, pour leurs propres intérêts, beaucoup de membres de la Chambre des Députés à se déclarer les défenseurs des titres accordés aux Pairs.

Alors, en supposant une rivalité de titres entre des citoyens compris dans la masse populaire, elle n'engendrerait qu'une lutte individuelle; et d'ailleurs l'absence de tout privilége autre que celui de porter le titre, l'unité d'intérêts politiques, souvent les liens de famille et l'espoir que les gens riches non titrés auraient d'obtenir un titre à leur tour, diminueraient beaucoup les effets de cette jalousie. Ainsi, de cette manière, cette terrible cause de rivalités et de dissensions entre les corps chargés des pouvoirs souverains cesserait d'exister, en allant se perdre dans de petites discussions de vanité entre les gens riches et les gens titrés de la masse populaire.

Sans doute, il voudrait beaucoup mieux n'avoir pas besoin d'opposer entre elles les passions des hommes pour en prévenir les mauvais effets; il vaudrait beaucoup mieux n'avoir à parler qu'à des êtres assez parfaits, pour être au-dessus de toutes ces distinctions puériles, pour savoir la place qu'ils doivent tenir dans la société, et pour sentir l'importance de ne jamais se laisser prendre aux séductions de l'ambition; mais, puisqu'il est de toute évidence que les Français, malgré l'assurance des exagérateurs d'un certain parti, sont aussi loin de ce point de perfection, qu'ils sont loin du point d'immoralité où les exagérateurs du parti contraire se plaisent à les supposer, afin de les engager par ce grand mot à se laisser conduire par eux dans les sentiers de l'ignorance et des préjugés, il faut donc bien recourir aux moyens que leur position actuelle requiert pour conserver le repos parmi eux, et ne pas chercher à les induire également en erreur, soit en les assurant qu'ils possèdent une santé assez parfaite pour n'avoir pas besoin de remèdes, soit en cherchant à les persuader qu'ils périront inévitablement, s'ils ne veulent pas avaler sans examen toutes les drogues qu'on leur présente.

La nécessité de reconnaître des titres parmi les citoyens qui composent la masse populaire étant démontrée, il en résulte que l'article 71 de la Charte, qui confirme les anciens et les nouveaux titres, est donc parfaitement adapté à la position où cet acte place le droit public des Français, et d'autant qu'il est impossible de supposer que cet article rétablit l'ancienne noblesse ; car, malgré le mot qui y rappelle précisément la noblesse, malgré qu'il y soit dit que le Roi fait des nobles à volonté, cependant ce serait une grande erreur d'en conclure qu'il rétablit cette ancienne noblesse, puisqu'il ne lui accorde que des titres, des rangs et des honneurs, sans aucuns priviléges, et que même les membres de cette noblesse qui, avant la révolution, n'avaient pas le droit de porter un titre, ne peuvent trouver dans cet article que des expressions vagues en leur faveur.

Mais si la Charte admet des titres en faveur des citoyens qui ne sont pas membres de la Chambre des Pairs, si elle tend à produire des effets avantageux en accordant un rang et des honneurs à ceux qui les portent ; que signifie cette concession de rangs et d'honneurs sans l'assurance de la fortune nécessaire pour conserver la dignité du titre, c'est-à-dire, pour donner à son possesseur la considération dont il a besoin pour produire l'effet qu'on se propose? Est-il possible d'espérer sous ce rapport aucun effet des titres, s'ils ne sont accompagnés du revenu suffisant entre les mains de ceux qui les portent pour en soutenir la dignité? Ainsi, il faut renoncer aux avantages de l'institution des titres en faveur des citoyens qui ne sont pas membres de la Chambre des Pairs, ou admettre à leur égard, comme à l'égard des membres de cette Chambre, des majorats qui appartiendraient de droit au porteur du titre, non par droit d'héritage paternel, mais comme étant désigné par la loi pour être le successeur au titre vacant par le décès du dernier possesseur; car, considérer comme faisant partie de l'héritage paternel, un majorat qui doit appartenir de droit au successeur du titre, est, comme je l'ai prouvé, une idée fausse qu'on a avancée pour décrier une institution sans laquelle cependant les titres créés et conservés par la Charte deviennent absolument hors d'état de produire l'effet qu'elle s'en propose.

Étant donc prouvé, que les titres et les majorats sont une conséquence rigoureuse de la lettre, et sur-tout ( ce qu'on a contesté jusqu'à présent ) de l'esprit de la Charte; qu'il est impossible que l'ordre constitutionnel établi par cet acte solennel puisse subsister long-temps parmi nous, si l'on rejette les titres et les majorats ; que les majorats ne peuvent se considérer comme une propriété sur laquelle les enfans ou les créanciers d'un majoratisé puissent avoir aucuns droits après la mort de ce majoratisé; que cette institution ne présente aucune exception aux dispositions du Code Civil; il en résulte *que ne pas vouloir des majorats, c'est ne pas vouloir de la Charte,* et que par conséquent on forme des vœux bien imprudents lorsqu'on désire voir détruire parmi nous cette institution, qui, étant la sauve-garde de notre organisation politique, se trouve dès-lors l'une des bases de notre tranquillité.

Cependant, malgré les avantages de cette institution, il serait impossible de ne pas lui reconnaître les inconvéniens que signale M. Lanjuinais, si l'on était forcé de constituer des majorats en propriétés territoriales; mais, loin que ce soit un effet inhérent à cette institution, nous avons vu que les majorats constitués en rentes sur le grand-livre de la dette publique étaient bien plus conformes au but qu'ils doivent atteindre parmi nous, celui de donner seulement au porteur d'un titre le revenu suffisant pour le soutien de la dignité de ce titre. Ainsi, en n'admettant que ce seul mode de constituer des majorats, on dégagera cette institution de tous les inconvéniens qui pourraient lui être reprochés; mais, bien plus, on donnera par ce moyen de nouvelles garanties au crédit public, en intéressant tous les majoratisés à l'exacte observation des engagemens de l'État envers ses créanciers, et en immobilisant une grande quantité de rentes.

Après avoir établi la nécessité d'affecter des titres et des majorats à un certain nombre de citoyens compris dans la masse populaire, il faut ensuite examiner dans quelle proportion ce nombre doit être fixé; car, bien que la nature des revenus affectés aux majorats ne puisse rendre les majoratisés à charge à la masse populaire, cependant, en raison du rang et des honneurs qu'ils ont droit d'exiger d'après leurs titres, ils peuvent sous ce rapport, et s'ils sont en trop grand nombre, non-seulement nuire à la considération qui sert de base à l'effet qu'on s'en propose, mais encore fatiguer la masse populaire par les prétentions de ce grand nombre

de gens titrés : ainsi, il serait donc aussi nécessaire d'en fixer le nombre, que de fixer le
nombre des membres de la Chambre des Pairs;
mais comme cette question, d'après la charte et
d'après les derniers événemens, se trouve dé-
cidée négativement à l'égard de la Chambre des
Pairs, et qu'elle l'est également de la même
manière à l'égard des citoyens qui ne sont pas
Pairs, puisqu'on ne peut limiter les droits que
le Roi s'est réservés à ce sujet par l'article 71
de la Charte; que, d'ailleurs cette fixation est
d'autant plus arbitraire qu'elle dépend de la
manière de considérer ce nombre relativement
à celui des citoyens compris dans la masse
populaire, je m'abstiendrai de faire à ce sujet
aucune proposition; seulement, j'observerai
qu'il serait très-avantageux de donner aux titres
et aux majorats qui les accompagnent, un
mode de succession tel, que les titres fussent
dans le cas de changer plus souvent de famille;
ainsi, je proposerais qu'il fût déclaré que nul
ne peut prétendre à un majorat à titre de naissance, qu'autant qu'il prouverait sa descendance
naturelle et légitime par les mâles du dernier
possesseur du majorat qu'il réclame, et que
parmi les individus qui présentent la même descendance, le préféré doit être l'aîné des enfans

mâles du dernier possesseur, ou celui qui représente cet aîné comme étant le descendant d'aîné
en aîné par les mâles de ce dernier possesseur;
de sorte que de cette manière serait annulé
l'article 3e. de l'ordonnance du 25 août 1817,
qui déclare *le majorat et le titre de Pair trans-*
*missible à perpétuité au fils aîné, né ou à naître*
*du fondateur du majorat, et à la descendance*
*naturelle et légitime de celui-ci, de mâle en mâle*
*et par ordre de primogéniture ;* article qui évidemment admet que les collatéraux du dernier
majoratisé peuvent prétendre à son majorat,
s'ils prouvent qu'ils descendent par les mâles
du fondateur de ce majorat, et ce qui est encore confirmé par les dispositions de l'article 9
de l'autre ordonnance du même jour.

Par le mode que je propose, les lignes collatérales étant écartées, il n'y aurait plus autant
de chances à la conservation d'un majorat dans
les mêmes familles ; et dès-lors, tout intérêt
d'entretenir une généalogie étant détruit, il se
trouverait que le mode de succession relatif aux
majorats serait plus libéral que celui réglé par
le Code Civil pour les successions ordinaires,
lequel, admettant les successions à l'infini, donne
le plus grand intérêt pour conserver avec soin
les généalogies.

Il y aurait encore cet avantage dans ce mode de succession, que les lignes collatérales des gens titrés se trouvant déchues de tous droits au majorat, rentreraient alors dans la masse populaire, et serviraient continuellement de cette manière à la fusion des familles titrées dans cette masse ; ce qui contribuerait beaucoup à atténuer les effets de la jalousie que les citoyens riches et non titrés de cette masse porteraient aux possesseurs des titres.

Si donc on admettait ce mode de succession, il en résulterait que toutes les fois qu'un majoratisé viendrait à décéder sans laisser des mâles dans sa descendance, son majorat avec son titre, c'est-à-dire, la rente avec le titre, retourneraient à l'état ; et le Roi pourrait en disposer en faveur du citoyen qu'il lui plairait de choisir, sans que les autres descendans du fondateur du majorat pussent y prétendre, s'ils ne sont pas descendans du dernier majoratisé.

Il faudrait encore qu'il fût déclaré en principe, que quand bien même celui qui aurait constitué le majorat se trouverait dans ce cas, les rentes composant ce majorat ne pourraient être réclamées en tout ou en partie par aucune de ses filles, ou de ses collatéraux, ou de ses créanciers.

Il est facile de concevoir que, d'après ce mode de succession, le Roi aurait, au bout d'un certain temps, un grand nombre de majorats à sa disposition; car la vanité remplirait promptement le nombre de majorats que l'on voudrait fixer, et ne serait pas arrêtée par la condition que toute création nouvelle emporte avec elle la distraction d'un capital considérable sur des fonds qui, sans cet emploi, se seraient trouvés probablement dans la succession du premier majoratisé.

Après avoir reconnu la nécessité de ne constituer de majorats que sur le grand-livre de la dette de l'État, et celle de réduire seulement à la descendance du dernier majoratisé, et pour les mâles d'aînés en aînés, le droit de prétendre par la naissance au majorat qu'il laisse vacant par son décès; ce qu'il serait aisé de faire en rectifiant à cet égard les dispositions des articles 3 et 4 de l'ordonnance du 25 août 1817 sur la formation des majorats; il reste à examiner quels doivent être les revenus que, dans l'état actuel des fortunes parmi nous, il conviendrait d'affecter à ces divers majorats, et quels titres on pourrait donner aux majoratisés, soit dans la Chambre des Pairs, soit hors de cette Chambre.

Je proposerais qu'il y eût quatre rangs de

titres, par conséquent quatre rangs de majorats.
Ces titres seraient ceux de ducs, de marquis,
de comtes et de vicomtes; et l'on supprimerait
ceux de barons et de chevaliers qui rappellent
davantage les temps de la féodalité, et multi-
plient les titres sans nécessité.

Les Pairs seraient tous ducs ou marquis, et
cependant ces deux premiers degrés seraient,
comme les deux suivans, susceptibles d'être affectés aux citoyens qui ne sont pas Pairs, ce qui
dépendrait de la volonté du Roi. Alors comme
il y aurait des ducs et des marquis qui ne seraient pas Pairs, cette circonstance préviendrait
les mauvais effets que des titres accordés exclusivement aux Pairs produiraient dans leurs rela-
tions habituelles avec les autres citoyens, dont
l'un des plus graves serait d'exciter leur orgueil,
et par conséquent la jalousie des autres citoyens,
par le rappel continuel d'un titre qui les sépa-
rerait d'une manière tranchante des citoyens
de la masse populaire.

Les majorats affectés à ces quatre rangs de
titres seraient de 30, 20, 12 et 8,000 francs de
rente, revenu qui s'accorde avec celui fixé pour
les ducs et les marquis par l'ordonnance de 1817,
et que d'ailleurs on ne peut regarder trop considérable pour le soutien de la dignité de ces

titres, laquelle doit toujours être à l'abri des vicissitudes des événemens. Ainsi, tout homme qui tendrait à obtenir l'un de ces titres, serait obligé d'acheter des rentes sur le grand-livre de la dette publique jusqu'à concurrence du revenu nécessaire pour constituer le majorat affecté au titre qu'il demande.

Malgré les raisons que je viens de donner pour prouver que les titres et les majorats sont une conséquence rigoureuse de l'ordre politique établi parmi nous, et par conséquent pour faire sentir l'indispensable nécessité de les conserver; je suis cependant bien éloigné de croire que j'aurais persuadé quelques partisans des idées contraires, et sur-tout en ce moment où il paraît que la haine pour les titres est fortement prononcée chez les écrivains qui ont de l'influence sur l'opinion publique; comme si les titres étaient la cause première de l'existence des partis qui nous divisent; mais l'exagération est telle des deux côtés, que chacun ne veut entendre que les idées favorables au parti qu'il a embrassé, idées qui, chez la plupart de ceux qui les professent avec une certaine ostentation, ont acquis une si grande prépondérance, qu'on doit les considérer, à leur égard, comme des idées fixes que rien ne peut détruire. Ainsi, les uns

diront que je suis un partisan de l'ancienne noblesse; d'autres diront, au contraire, que je veux
la détruire. Je suis même persuadé que, quoique
j'aie défendu évidemment la cause des Pairs, il
y en aura parmi eux qui verront avec peine
que je soutiens la nécessité d'avoir des citoyens
titrés hors de leur sein, sans penser aux conséquences fâcheuses qui résulteraient pour eux
de la petite jouissance de vanité que peut-être
ils éprouveraient, s'ils portaient seuls des titres.
De même, malgré que j'aie défendu la cause
des nobles titrés qui ne sont pas Pairs, plusieurs
d'entre eux trouveront mauvais que mes obser-
vations tendent à faire voir combien il est important que les nobles qui ont des titres affec-
tent de les porter dans le sein d'une Chambre
qui représente plus particulièrement la masse
populaire, et dans laquelle on ne peut trop
conserver ce moyen, non-seulement de prévenir
les effets de la jalousie naturelle des membres
de cette Chambre contre celle des Pairs, mais
encore de prouver, par l'exemple des nobles qui
ont des idées libérales, que beaucoup d'hommes
titrés professent ces idées; preuve bien nécessaire à faire dans un moment où tant de gens
cherchent à profiter des fautes que peuvent faire

les membres de l'ancienne noblesse, pour exas-
pérer la nation contre eux.

Cependant, quelles que soient les erreurs dans
lesquelles l'ignorance de leur position puisse
entraîner les membres de l'ancienne noblesse,
faut-il pour cela rejeter toutes les distinctions
sociales, et attaquer sans ménagement celles
même qui sont les conséquences rigoureuses
de l'ordre politique établi par la Charte; et parce
que quelques nobles annoncent le désir qu'ils
auraient de revenir au despotisme, faut-il pour
cela attaquer la noblesse de manière à revenir
peut-être à l'anarchie qui est encore pire? Ne
devons-nous pas, au contraire, chercher à éviter
ces deux extrêmes comme deux précipices où
la nation se perdrait également? Or, sous ces
rapports les effets de l'article 71 de la Charte,
que tant de gens critiquent amèrement, sont
de la plus grande utilité; car je ne crains pas de
le dire, sans le rétablissement des titres que cet
article consacre, et au moyen duquel la noblesse conserve encore quelques prétentions
apparentes qui réunissent contre elle tous les
hommes qui, sous quelques rapports que ce soit,
ne veulent pas des titres; nous verrions bientôt le
parti qu'ils composent se diviser en deux,

comme en 1790, après l'extinction des titres, et présenter les constitutionnels et les républicains, dont les forces bien plus balancées et bien plus importantes que celles que possèdent en ce moment les deux partis désignés par les noms d'*ultra* et de *libéraux*, reproduiraient alors cette lutte que jadis ces mêmes partis, sous les noms d'*aristocrates* et de *démocrates*, ont provoquée parmi nous, et qui nous a laissé de si terribles souvenirs.

N'est-il donc pas possible d'engager les deux partis à une conduite plus modérée? Serait-il donc écrit dans le livre des destins que la plupart des nobles fermeront toujours les yeux sur l'avenir, qu'ils se préparent, ainsi qu'à leur nation, si, par leur chute, les intermédiaires entre le prince et la masse populaire se trouvaient détruits? Non, je ne puis le croire; j'aime à penser, au contraire, qu'ils finiront par être persuadés que c'est une grande erreur que de vouloir résister, sans force suffisante, à un ordre de choses qui les entraînera malgré eux, et qu'ils auraient des avantages incalculables si, par une manière de penser plus conforme aux idées de l'époque où ils se trouvent, ils ne se mettaient pas en opposition formelle avec l'opinion de leur nation. Qu'ils ne disent pas :

Nous sommes au-dessus des autres par la naissance ; mais qu'ils prouvent qu'ils sont dignes
de l'être par plus de bonté et de générosité
envers leurs semblables, et par plus de dévoûe-
ment à la chose publique, comme leurs ancêtres
leur en ont souvent donné l'exemple ; que sur-
tout ils se montrent en toute circonstance les
protecteurs de l'instruction publique, et particulièrement de celle du peuple, pour prouver
combien est injuste le reproche qu'on leur fait
d'être ennemis nés des lumières ; et je leur ga-
rantis que personne ne sera tenté de leur refuser
cette prééminence à laquelle ils attachent tant
de prix ; car la magie des noms, fondée sur
d'anciens souvenirs et sur d'anciennes habi-
tudes nationales, est encore telle en leur faveur,
qu'on peut les assurer qu'ils auraient à cet
égard un succès complet, s'ils voulaient seulement s'abstenir de faire tout ce qu'ils font en
ce moment pour se nuire.

Il est donc bien malheureux pour l'ancienne
noblesse que, dans une circonstance si critique
pour elle, elle néglige de prendre des moyens
aussi simples pour conserver dans la nation le
rang qu'elle désire, et qu'indubitablement elle
perdra en écoutant les conseils perfides de gens
qui ont des intérêts contraires aux siens, les-

quels, en l'enivrant d'espérances trompeuses, parviennent à lui persuader qu'elle est forte, qu'elle peut être hardie et même téméraire, lorsque tout atteste si évidemment sa faiblesse. Ainsi, au lieu de suivre le chemin de la prudence et de la modération, la grande majorité des nobles regarde, au contraire, comme leur étant très-défavorables, ceux des anciens nobles qui professent des idées libérales, c'est-à-dire, les seuls hommes qui prouvent que la noblesse n'est pas, comme ses ennemis cherchent à le faire croire, une corporation invariablement attachée aux anciens préjugés, et constamment contraire aux idées favorables au bonheur des nations.

Au surplus, en admettant que l'ancienne noblesse, soit par l'effet de ses fausses démarches, soit par l'effet de l'adresse avec laquelle ses ennemis profitent de ses fautes, vînt à perdre la prépondérance de rang que les anciennes idées nationales lui conserveraient encore long-temps, et aussi que, par le défaut de titres et de rangs accordés à d'autres personnes, tous les citoyens rentrassent égaux dans la masse populaire ; peut-on croire qu'alors le peuple, qui toujours est porté à distinguer quelques individus dans cette masse, arrêterait par préférence ses regards sur ceux qui ont le plus de mérite réel ? Non, sans doute ; car pour admettre ce résultat, il faudrait aussi admettre que le peuple est assez instruit pour connaître le mérite où il le trouve. Or, cette supposition est impossible. Mais même quand nous admettrions que le peuple pût par la suite devenir aussi instruit qu'il est ignorant présentement, on ne pourrait encore, dans ce cas, supposer que ses occupations habituelles lui permissent de conserver les idées nécessaires à ce discernement.

Ainsi, dans tous les temps et comme à présent, le peuple sera donc plus porté à donner la préférence aux plus riches, qui à son égard sont les plus puissans, qu'à ceux revêtus d'un mérite dont il ignore l'existence ; alors, dans ce système d'égalité parfaite, les plus riches ajoutant la puissance d'opinion à celle de la fortune, se trouveront, par le fait seul de leurs richesses, revêtus des deux pouvoirs auxquels le peuple n'a jamais su résister ; et ils pourront se livrer sans obstacles à l'exécution de leurs projets ambitieux.

Si donc on veut assurer au peuple la jouissance de ses droits contre les entreprises des riches, il faut trouver les moyens de confier dans des mains différentes la puissance d'opinion et la puissance des richesses. Or, il est évident qu'on ne peut atteindre ce but qu'en admettant des distinctions de rang résultant de la naissance, lesquelles serviront à balancer celles qui résultent nécessairement des richesses. Il ne serait pas moins indispensable, pour entretenir cette division, de chercher à persuader ceux qui possèdent le rang de naissance, qu'ils sont comptables à l'opinion des moyens qu'ils pourraient employer pour acquérir de la fortune, afin de conserver parmi nous ce point d'honneur qui a pour devise : *richesse ne fait pas tout*, auquel la nation française doit toute sa gloire, et qui la distingue si éminemment des autres nations de la terre, et notamment des Anglais. Ainsi, sous ces derniers rapports, la nécessité de conserver des titres et des majorats qui seraient affectés à certains individus par l'ordre de la naissance, n'est donc pas moins démontrée qu'elle l'a été sous le rapport de la conservation de l'ordre politique que la Charte a établi parmi nous. Que serait-ce, si nous considérions cette institution sous le rapport des avantages qu'elle présente, en offrant aux citoyens un aliment continuel à leur émulation, et au Roi un moyen puissant de

conserver sur la masse populaire la prépondérance nécessaire à la tranquillité publique?

D'après un examen attentif des causes qui
nécessitent l'existence de cette institution parmi
nous, on sera donc persuadé que c'est une idée
fausse de l'avoir considérée jusqu'à ce jour
comme ne pouvant être utile qu'à une classe
de privilégiés, et à charge au reste de la nation;
et d'ailleurs, à cet égard nous pourrions encore
demander si c'est une raison pour rejeter cet
ordre de choses, que celle de lui voir présenter
l'accord de l'intérêt général avec quelques intérêts particuliers appelés priviléges, puisque,
sous ce rapport, il faudrait rejeter l'article 40
de la Charte et la loi sur les élections qui en est
la conséquence; car il est bien évident qu'il
accorde un privilége et un très-grand privilége
aux citoyens qui payent 300 f. de contributions;
également, il faudrait aussi rejeter l'article 34
de la Charte, qui accorde de grands priviléges
aux membres de la Chambre des Pairs. Or, si
la grande loi de la conservation de l'ordre social établi a fait passer sur toutes les considérations qui pouvaient empêcher de concentrer
l'important droit de cité dans un si petit nombre
de citoyens, et d'accorder d'aussi grands privi-

léges aux membres de la Chambre des Pairs dont le nombre n'est pas fixé ; comment peut-on trouver singulier que la même loi oblige à adopter les conséquences bien moins importantes qui résultent de l'article 71 de la Charte ?

Ainsi, l'institution des majorats, quand bien même on la regarderait comme établissant des priviléges en faveur de quelques citoyens, ne peut pas plus, sous ce rapport, être rejetée, que la loi sur les élections, et celle qui serait relative à l'exécution de l'article 34 de la Charte; et dès-lors, il reste démontré que cette institution étant une conséquence rigoureuse d'un des articles de cet acte solennel, et de plus d'une indispensable nécessité à la conservation de la tranquillité publique, il faut absolument qu'elle fasse partie de l'ordre politique établi parmi nous.

Dans les preuves que je viens de donner en faveur de l'institution des majorats, j'aurais bien désiré ne pas me trouver d'un avis contraire à M. le comte Lanjuinais, qui, par la noblesse de ses sentimens et le courage qu'il a montré dans tous les temps à défendre la cause de la liberté, mérite la plus haute estime de ses concitoyens; mais j'espère qu'il verra, par l'ensemble des motifs qui m'ont déterminé, que quoique je me soye prononcé pour une opinion contraire à la sienne, je n'en rends pas-moins justice à la pureté de ses intentions.

Heureux celui qui écrit dans le sens d'un des deux partis qui nous divisent, il est assuré de trouver des défenseurs de ses opinions; mais celui qui comme moi a pour but la vérité et ne flatte aucun de ces partis, doit s'attendre à être mal reçu d'eux et par conséquent doit s'envelopper du voile de l'anonyme.

www.ingramcontent.com/pod-product-compliance
Ingram Content Group UK Ltd.
Pitfield, Milton Keynes, MK11 3LW, UK
UKHW021122140726
13695UKWH00004B/1645